U0641065

Historia de una gaviota y del gato que le enseñó a volar

教海鸥飞翔的猫

〔智利〕路易斯·塞普尔维达 著

Luis Sepúlveda

〔立陶宛〕丽娜·杜戴特 绘

Lina Dūdaitė

宋尽冬 译

人民文学出版社
PEOPLE'S LITERATURE PUBLISHING HOUSE

著作权合同登记　图字 01-2021-2357

Luis Sepúlveda
Historia de una gaviota y del gato que le enseñó a volar
Text © Luis Sepúlveda and Heirs of Luis Sepúlveda, 1996
By arrangement with Agencia Literaria Carmen Balcells S.A.
Illustrations © Lina Dūdaite
By arrangement with Nieko rimto publishing house, Vilnius, Lithuania.

图书在版编目（CIP）数据

教海鸥飞翔的猫 /（智）路易斯·塞普尔维达著；
（立陶宛）丽娜·杜戴特绘；宋尽冬译 . —2 版 . —北
京：人民文学出版社，2017（2023.6 重印）
　　（塞普尔维达童话）
　　ISBN 978-7-02-012265-3

　Ⅰ .①教… Ⅱ .①路… ②丽… ③宋… Ⅲ .①童话 – 智利 – 现代 Ⅳ .① I784.88

中国版本图书馆 CIP 数据核字（2017）第 019105 号

责任编辑　朱卫净
特约策划　王雪纯
装帧设计　李苗苗

出版发行　人民文学出版社
社　　址　北京市朝内大街 166 号
邮政编码　100705

印　　制　凸版艺彩（东莞）印刷有限公司
经　　销　全国新华书店等

字　　数　60 千字
开　　本　787 毫米 ×1092 毫米　1/24
印　　张　5$\frac{2}{3}$
版　　次　2011 年 10 月北京第 1 版　2017 年 4 月第 2 版
印　　次　2023 年 6 月第 5 次印刷

书　　号　978-7-02-012265-3
定　　价　69.00 元

如有印装质量问题，请与本社图书销售中心调换。电话：01065233595

献给我的孩子们

塞巴斯蒂安、马克斯和莱昂，

他们是我梦想中的最佳乘客；

献给汉堡港，

因为他们是从那儿登船起航的；

当然，还要献给小猫索尔巴斯。

作者序

　　对于一个作家来说，给他的孩子们讲个好故事是一个严峻的考验。我的三个孩子出生在汉堡，有一天我决定给他们写个故事。

　　我的孩子们知道，我出生在智利，深深怀念着我的祖国，却被禁止回国。当时他们还太小，还没法跟他们解释智利曾有位独裁者导致我流亡他乡，于是我决定给他们讲个故事，在故事中呈现那些阻止我回国生活的原因。

　　这样便诞生了一个角色，一只又大、又黑、又肥的猫。他志在保护弱小，推崇尊重异类，信仰与大自然和谐共生，并且言出必行，此外，他还很幽默。

我爱这本书，它已被译为四十八种语言，拥有千百万计的读者。它在所有国家的读者中激起了这样的共鸣：这是一个关于一只又大、又黑、又肥的猫的故事，他教一只幼小的海鸥学会了飞翔。

目录

第一部

北 海

"左舷有一群鲱鱼！"负责观测的海鸥向大伙儿报告，听到这个消息，这群来自"红沙灯"的海鸥们总算松了口气。

他们已经不间断地飞了整整六个钟头，尽管领航鸥带着海鸥们沿着怡人的暖气流在大洋上空前行，但他们还是觉得有必要补充一下体力，而且没有什么比美美饱餐一顿鲱鱼更有助于恢复体力了。

他们在北海的易北河河口上方翱翔。从高空向下俯视，只见成群结队的船只，一只接着一只，好似一群纪律严明、颇有耐性的海洋生物，正有条不紊地依次进入大海，然后再驶向地球上的各个港口。

肯佳是一只身披银色羽毛的海鸥，她特别爱观看船上的旗子。她知道，每一面旗帜代表一种说话方式，同样的事情可以通过不同的话语来表达。

"人类把事情搞得多复杂啊。而我们海鸥鸣叫的声音在全世界都是一样的。"一次，肯佳对她的一个飞行旅伴这样说道。

"的确是这么回事。可蹊跷的是，即便这样人们相互之间同样能彼此明白。"那位同伴这么说道。

越过海岸线，是一片无垠的绿野。这片辽阔的草原上，最醒目的莫过于那些在堤堰与懒洋洋地转动着的风车翼的庇护之下啃食牧草的成群绵羊。

"红沙灯"的海鸥们，根据领航鸥发出的指示，凭借一股冷气流，猛地冲向那群鲱鱼。一百二十只海鸥如离弦之箭般扑向水面，待他们再次冒出头时，每一只的嘴上都衔了一条鲱鱼。

多么美味的鲱鱼啊，肥嫩鲜美，这正是让他们补足体力继续飞往荷兰登海尔德港的绝好佳肴，在那儿他们将和弗里西亚群岛飞来的鸥群会合。

他们还计划一起飞往多佛尔海峡的加来港，再飞到英吉利海峡，和从塞纳湾以及圣马洛湾飞来的鸥群会合，然后大家一起飞往比斯开湾。

到那时，再加上来自贝勒岛、奥莱龙岛、马其恰科角、阿霍角、佩尼亚斯角的鸥群，将有数以千计的海鸥结伴同行，汇成一朵逐渐膨胀的银白色云彩。当所有的海鸥经由大海与季风的许可，飞至比斯开湾上空时，即会拉开波罗的海、北海与大西洋海鸥大聚会的序幕。

那将是一次美好的盛会。肯佳想着想着，又发现了第三条大西洋鲱鱼。同往年一样，海鸥将听到许许多多的逸闻趣事，尤其是佩尼亚斯角的海鸥们讲的那些故事，他们是永不倦怠的旅行家，有时

甚至会飞到加那利群岛和非洲西岸的佛得角群岛。

那些雄海鸥将依凭海岸峭壁安顿好他们的窝巢，而像肯佳这样的雌鸥则会尽情地享用沙丁鱼和鱿鱼大餐。在巢穴中海鸥们产蛋孵卵，避开任何可能的威胁，一旦小雏鸥长好结实的新羽，就迎来了长途跋涉中最为美妙的阶段：在比斯开湾上空教幼鸥们展翅飞翔。

肯佳把头扎进水中捕食她的第四条鲱鱼，因而压根儿没听到空中响荡的同伴发出的警报：

"右舷危险！赶快上来！"

当肯佳钻出水面时，一片无涯无际的汪洋之中，只剩下了形单影只的她。

一只又大、又黑、又肥的猫

"把你一个人丢下我很难过。"男孩抚摩着一只又大、又黑、又肥的猫的背脊对他说道。

说完，孩子继续往背包里塞东西。他拿了一盘普尔乐队的磁带，这是他最喜爱的藏品之一。他放进背包里，迟疑片刻，又拿了出来，不知道是该把它再放进包里去呢还是丢在桌上。决定带些什么去度假，又留些什么在家里真的很难。

那只又大、又黑、又肥的猫专注地瞅着他，他蹲坐在窗台上，那里是他最爱待的地方。

"我有没有把游泳镜放好啊？索尔巴斯，你看到我的游泳镜没有？不，你哪里知道什么游泳镜，你一点儿也不喜欢水。你不知道你的损失有多大，游泳可是最有意思的运动之一。要来点饼干吗？"男孩拿起猫的饼干盒。

他给了他足足一大块。那只又大、又黑、又肥的猫开始啃起来，他啃得很慢，以此延长美美用餐的乐趣。饼干好吃极了！咬上去脆嘣嘣的，还有鱼的味道。

"他是一个好小伙，"猫咪想着，嘴里塞得鼓鼓的，"他不仅仅是个好小伙，他是最棒的小伙子！"他一边改口，一边把嘴里的东西咽了下去。

又大、又黑、又肥的猫咪索尔巴斯有充足的理由认为那男孩是一个好小伙，因为他不但用每月的零花钱给他买来美味饼干，还总把那只铺满沙砾石供他方便的盒子收拾得干干净净，除此以外，他还经常嘱咐他做一些重要的事情，教这教那的。

他们俩常常会在阳台上待很久，望着汉堡港人来人往，川流不息。有一次，男孩对他的猫说：

"索尔巴斯，你看到那条船了吗？知道它从哪儿来吗？利比里亚。那是非洲一个充满风情的国度，是由一群曾经当过奴隶的人创建起来的。等我长大后，我将成为一艘大帆船的船长，到那时一定得去趟利比里亚。你也要跟我一起去，索尔巴斯。我敢保证，你准是只不赖的海洋之猫。"

和所有港口长大的孩子一样，这个男孩也梦想有朝一日能扬帆远航。那只又大、又黑、又肥的猫一边听着，一边发出咕噜咕噜的声音，仿佛登上了一艘帆船正在破浪前行。

当然，又大、又黑、又肥的猫也把男孩当作贴心知己，他忘不了是他救了自己一命。

那天，他跑出那个与七个兄弟共同栖息的家园——一只大篮子，从此便欠下了这笔人情债。

猫妈妈的奶水又甜又醇，但是索尔巴斯想去集市尝尝人们用来喂大猫的鱼头到底是什么滋味儿。他从没想过要自个儿独享，不，他的初衷是拖只鱼头回来，于是他对兄弟们说：

　　"别再吸妈妈的奶水了，她真可怜，难道你们没发现她瘦了很多吗？还是吃鱼吧，这才是港口猫该吃的东西。"

　　在他离家前几天，猫妈妈曾经严肃地警告过他：

　　"你很机警，而且脑袋清醒，这很好，但是你得管好你的手脚，不能擅自出门。明后天就会有人上门来决定你和其他几个兄弟的命运。他们肯定会给你们取个好听的名字，从此你们的一日三餐便有了着落。能生在港口，实在是你们的福分，因为这儿的人们不仅喜欢猫，而且还会保护我们。他们对我们的唯一要求就是让老鼠躲得远远的。是啊，孩子，做一只港口的猫着实是一大运气，但你千万要当心，因为你身上有些东西可能会让你厄运缠身。孩子，你看看其他几个兄弟，就会发现他们清一色全都是灰猫，毛皮上还带有老虎的斑纹。可你就不一样了，你除了胡子底下那一小撮白花花的毛，全身都是黑的。有人认为黑猫是不祥之兆，所以，孩子，千万不要离开篮子。"

可是索尔巴斯，那只黑得像只煤球的小猫，还是离开了篮子。他想尝尝鱼头的滋味，也想去见识见识大千世界。

他向鱼铺一路小跑过去，尾巴直直地竖着，还摇来晃去的，没跑多远就遇上了一只正歪着脑袋打盹的巨鸟。那只鸟奇丑无比，喙下拖着硕大的嗉囊。突然，小黑猫感到他的爪子离开了地面，还没来得及弄明白发生了什么事，他已经悬在半空翻起筋斗来了。这时他想起了妈妈的教诲，试图先找到一个落脚点，可是大鸟早已张开嘴巴等在下面了。他跌入了大鸟的嗉囊，里头黑洞洞的，味道非常难闻。

"让我出去！让我出去！"他绝望地叫了起来。

"想得美。你尽管叫好了，"大鸟说着话，但嘴巴丝毫未开，"你是什么动物啊？"

"快放我出去，不然我的爪子可要对你不客气了。"他威胁着叫嚷。

"我猜你准是只青蛙。对不对？"大鸟问他，嘴巴还是紧紧闭着。

"我快闷死了，你这只蠢鸟！"小猫拼命地叫喊。

"啊，对了，你就是只青蛙。一只黑青蛙。真有意思。"

"我是只猫，我可要发火了！放我出去，否则你会后悔的！"索尔巴斯边说边琢磨在这么漆黑的嗉囊中该从何处下手。

"你以为我连猫和青蛙都分不清吗？猫都长得毛茸茸的，暴性子，浑身一股拖鞋味儿。你肯定是只青蛙。有一次我一下子吃了好几只青蛙，味道不错，但它们是绿色的。喂，你不会是只毒青蛙吧？"大鸟有点担心地问。

"是啊，我是只毒青蛙，而且我还会给你带来厄运呢！"

"这下麻烦了！可是有一回我吃了只毒刺猬，也没什么事啊。怎么办好呢？是吃了你还是放了你？"大鸟思忖着，但是他却再也叫不出来了，只见他身体一阵抖动，扑扇了两下翅膀，终于张开了嘴。

小猫索尔巴斯，全身上下被口水弄得黏糊糊的，探出了小脑袋，跳落到地面。这时，他看到一个男孩，正提着大鸟的后脑勺摇来晃去。

"你准是瞎了眼了，死鹈鹕！小猫，过来。你差点儿进了这只野鸟的肚子。"男孩边说边把他揽入怀中。

一场迄今为止持续了五年之久的友谊就是这么开始的。

男孩对着他的额头轻轻一吻，将他从回忆中拽了出来。小猫看着他拾掇好背包，走到门口，再次向自己话别。

"咱们四星期后再见。我会每天想你的，索尔巴斯。我保证。"

"再见，索尔巴斯！再见，小胖墩！"男孩的两个弟弟也向他告别。

又大、又黑、又肥的猫听到他们关好门，上了两道锁，就跑到临街的一扇窗户前目送主人一家离开。

又大、又黑、又肥的猫吸了口气，心情格外的好。这下四星期里他就是主人了，整幢房子都由他说了算。只有主人的一位朋友会每天上门给他开一罐食物，并清理清理那只铺满沙砾石供他解手的盒子。他有四个星期可以自由自在地躺躺椅子，赖赖床，或者蹿到阳台，爬上屋顶，再从那里跃上那棵老栗树的枝梢，然后沿树干滑落到院子里，他经常在那儿同附近的猫朋友们聚聚。日子不会过得无聊的，一点儿也不会。

又大、又黑、又肥的猫咪索尔巴斯美美地打着如意算盘，然而他还不知道接下来的几个小时里将要发生什么样的事情。

汉堡在望

肯佳展开双翅试图起飞，可是巨浪来势迅猛，完全将她吞没。等她浮出水面，天都黑了下来，她拼命地晃了晃脑袋，才明白是海洋中的祸水蒙住了她的双眸。

肯佳，这只银羽海鸥，好几次把头埋进海里，直到几丝光亮透进她那已沾满油污的瞳孔。她的翅膀上全是黏黏的污液，黑黑的，散发着阵阵恶臭。于是，她划动爪子，希望游得再快一些，好离开这片黑色污染的中心地带。

差不多累到浑身肌肉痉挛，她才到达油污的边缘，进入洁净水域。她费力地眨着眼，不断埋头水中洗净双眸，然后朝空中望了望，只见辽阔苍穹与茫茫海水的交接之处浮着寥寥几朵云彩。那些与她一同来自"红沙灯"的鸥群早已远去，飞得无影无踪了。

这是他们的戒律。她也曾目睹其他的同伴突遇诸如此类的黑色潮水，尽管她也想飞下去帮他们一把——明知道根本帮不上什么忙，但她还是不得不飞得远远的，因为海鸥的规矩不允许他们亲临同伴死去的现场。

海鸥的翅膀一旦不能动弹、耷拉着紧贴在身上时，他们就很容易成为庞大鱼类的猎物，要不就会因为羽毛沾满油污毛孔全被堵塞而窒息，然后慢慢死去。

这就是等待她的命运了，她宁可落入鱼口死个痛快。

黑色的油污，黑色的恶臭。在等待厄运降临之际，肯佳诅咒起人类来。

"不过，我可不是针对所有的人，这样未免有欠公允。"她无力地呻吟。

好多次她从高空极目远眺，眼看着一艘艘巨型油轮如何乘着雾霭驶进远海水域清洗他们的贮油筒。他们往海里倒入成千上万公升那种浓稠的还散发着恶臭的液体，然后这些液体再随海浪扩散到四面八方。有时候，她也会看到一些小船驶近这些油轮，阻止他们往海里倾倒石油，可遗憾的是，这些五颜六色的小船总是不能及时赶赴现场制止这种危害海洋的行为。

肯佳停驻在水面上度过了她平生最难熬的几个小时，她毛骨悚然，默默地在心中问自己，是不是她所面临的将是最可怕的一种死亡，比葬身鱼腹或窒息而亡都要可怕，那就是活活地饿死。

一想到即将被慢慢折磨至死，她深感绝望，不禁重重挣扎了一下，她惊奇地发觉石油并未完全粘住她的翅膀。她的羽毛虽然浸满了油污，但双翅还能张开。

"也许我还有可能离开这儿，倘若能飞高一点，飞到很高很高的地方，没准儿太阳会把石油晒化了。"肯佳这么鼓励自己。

她的脑海里浮现出一个故事，那还是从弗里西亚群岛的一只老海鸥那儿听来的：一个名叫伊卡洛斯[①]的男子，梦想有朝一日能展翅翱翔，于是他用鹰的羽毛制成两只翅膀，最终飞了起来，飞得很高很高，一直飞到了太阳附近，由于太阳热度过高，烧熔了他涂在翅膀上的蜡，他顿时坠了下来。

肯佳拼命地扇动翅膀，提起爪子，她刚飞起一点点，旋即又趴倒在水面上。第二次奋飞之前，她先将身子埋入水中，翅膀在水里晃了晃。这一次，她在落水前飞了一米多高。

可恨的油污粘住了她的尾羽，使她没法控制起飞的方向。她又一次潜入水中，再用嘴一点一点地清除尾巴上的污油。她强忍着羽毛撕裂的痛楚，终于感到尾部的污渍少了些许。

---

① 伊卡洛斯，希腊传说中能工巧匠和建筑师代达洛斯之子。相传代达洛斯杀了外甥后携子逃往克里特，投奔国王弥诺斯，还为王子怪物弥诺陶罗斯修建了迷宫，但后因协助公主阿里阿德涅逃跑惹怒了国王，被关进迷宫。为了逃出牢笼，代达洛斯用蜂蜡、羽毛给自己和儿子做成两对翅膀，腾空飞了出去，伊卡洛斯由于飞得过高被太阳晒化蜂蜡坠海身亡。

在第五次尝试时，她终于飞了起来。

她拼命地挥动翅膀，因为沾了油污的缘故，她无法滑翔。只要稍稍喘一口气，她就会直线下坠。幸亏她年纪尚轻，肌肉还能收缩自如。

她越飞越高。她不停地扇动双翅，一边向下望去，看到了一条狭长的宛若白丝线的海岸。她还看到徐徐前行的船只，仿佛蓝色缎面上的细碎点缀。她飞得更高了，但是太阳并未如她所期待的那样发挥效用，也许是阳光释放的热量不够，或者是她身上的污油膜结得太厚的缘故。

肯佳明白，她的气力已差不多消耗殆尽。她沿着易北河蜿蜒的绿色河岸，朝内陆地带飞去，想寻找一处着陆点。

她的翅膀越来越沉，扇得也越来越慢。她的体力逐渐不支，已经没有原先飞得那么高了。

她紧闭双目，憋足最后一点余力，拼命试着再飞高一点。她不知道眼睛究竟闭了多久，等她再度睁开眼时，已经到达一座塔楼的上空，塔很高很高，上面还饰有金制的风向标。

"圣米格尔！"她叫出声来，认出这是汉堡教堂的塔楼。

她的翅膀再也扇不动了。

飞到尽头

又大、又黑、又肥的猫躺在阳台上晒着日光浴，不时发出咕噜咕噜的声音，心里琢磨像这样腆着肚子、蜷着爪子并舒展着尾巴躺着晒太阳可真惬意。

他懒懒地翻了个身，好让太阳晒到后背。就在这时，他听到嗡嗡的声音，像是一种不明高速飞行物发出的。他警觉起来，跃然而起，四足站立，还没来得及躲闪到另一边，一只海鸥就径直摔在了阳台上。

这只鸟脏兮兮的，浑身上下沾满了一种乌黑恶臭的油污。

索尔巴斯向她凑过去，海鸥拖着翅膀试图直起身子。

"像这个样子着陆可不雅观。"他说。

"很抱歉，我不得不这样。"海鸥承认他言之有理。

"喂，你看上去情况不妙啊。你身上沾的是什么？臭死了！"索尔巴斯咋咋呼呼的。

"一片黑色潮水打在我的身上，又黑又臭。海洋也大祸临头了。我快死了。"海鸥哀怨地说。

"死？千万别这么说。你只是又累又脏，如此而已。你为什么不飞到动物园去呢？就离这儿不远，那儿有兽医，或许能帮帮你。"索尔巴斯说。

"我去不了了。这是我最后一次飞行了。"海鸥说着，声音微弱得几乎听不见，然后她闭上了双眼。

"你可别死啊！你休息一会儿就会康复的。你饿不饿？我把我

的食物分一点给你，你可别死啊。"索尔巴斯央求她，靠近已经晕厥过去的海鸥。

小猫强忍着恶心，舔了舔她的额头。她身上裹的那层东西尝起来更是可怕。当他的舌头游移到海鸥的脖子时，他发现她的气息越来越微弱了。

"喂，朋友，我想帮你，可又不知道该怎么帮法。你好好休息休息，我顺便去打听一下怎样才能帮助一只病入膏肓的海鸥。"索尔巴斯说完倏地跳上屋顶。

他往那棵栗树爬去，这时，他听到海鸥在呼唤他。

"你要不要我给你拿点吃的来？"他想安慰安慰她。

"我就要产蛋了。我要用最后这点气力来产蛋。小猫朋友，看得出来你是只好猫，品格高尚，所以我恳请你答应我三件事。你能答应我吗？"海鸥说着，笨拙地晃动爪子，试图站起身来，可还是未能如愿。

索尔巴斯心想，这只可怜的海鸥一定在说胡话，眼看她身临绝境，自己也只能大方一点。

"我答应你。可现在你需要休息。"他同情地说。

"我没时间休息了。你要答应我，不要把蛋吞下肚去。"她说着，睁开了眼睛。

"我答应你，不把蛋吃了。"索尔巴斯重复了一遍。

"答应我，你会好好照看它直到雏鸥出世。"她说着，伸了伸脖子。

"我答应你，我会好好照看它直到雏鸥出世。"

"答应我，你会教它学习飞翔。"她说着，眼睛死死盯着小猫。

这时，索尔巴斯猜想，这只颇不走运的海鸥不止在说胡话，八成她已整个儿疯了。

"我答应你会教它学飞翔。可现在你得休息休息，我去找人帮忙。"索尔巴斯说完，一跃跳上了屋顶。

肯佳仰望天空，感谢上苍让她沐浴在一片和风之中。在她发出最后一声叹息时，一只白色的镶有蓝色斑点的蛋落了下来，在她浸满油污的身子旁边摇晃。

寻找忠告

　　索尔巴斯匆匆跳下栗树，然后飞快地穿过院落，以防被野狗发现。他跑上街，确定没有汽车开过，便穿过马路，往古耐奥——汉堡港的一家意大利餐厅——跑去。

　　两只正围着垃圾桶嗅来嗅去的猫发现了他。

　　"嗨，老兄！你也看到了？瞧，多标致的小胖子。"其中一只说。

　　"是呀，老弟。他也真够黑的。我看他不止是只油脂球，更像

27

一只柏油球。你上哪儿去啊，小柏油球？"另一只猫冲着他发问道。

虽然这会儿索尔巴斯非常担心那只海鸥，但他并不打算就这么放过这两个向他挑衅的家伙。于是，他收住脚步，背上的毛根根竖立起来，一下子跳上垃圾桶。

他慢慢伸出一只前爪，露出了一根长长的、宛若小蜡烛一般的指头，凑近其中一位挑衅者的脸。

"你喜不喜欢？我还有九根一模一样的呢。你是不是想尝尝被它刺一下是什么滋味？"他泰然自若，话说得有板有眼。

看着眼前的爪子，那只猫咽了咽口水，这才开口说："不要啊，大哥。今天天气可真好！您看是不是这样？"他一边说，一边还瞅着那只爪子。

"那你呢？你又想跟我说些什么？"索尔巴斯向另外一只厉声问道。

"我也只想说今天是个好天气，最适合散步了，虽然还有点冷。"

摆平了这桩事之后，索尔巴斯重新上路，一直到了餐厅门口。

在那里面，侍者们正忙着给中午用餐的客人摆桌子。索尔巴斯叫了三声，然后就坐在楼梯的平台上等着。几分钟后，"秘书"向他走了过来，这是只罗马猫，精瘦精瘦的，几乎没有鼻子两旁的那两撇胡子。

"很抱歉，如果您没有事先预订的话，我们没法接待您，已经客满了。"他彬彬有礼地还想说下去，被索尔巴斯打断了。

"我想和'上校'谈谈。情况很紧急。"

"紧急！总是事到临头才十万火急！看看我能为您做些什么，谁叫它是件急事呢。""秘书"说着，又回到餐厅。

没有人知道"上校"的年龄。有人说，他的岁数跟这家收容他的餐厅一般大，还有人断定他甚至要更年长些。他的年龄多大无关紧要，可"上校"有个奇特的本领，他能给处于困境的人提出忠告。尽管他从未解决过一件纷争，但他的话至少能让人听了心觉宽慰。由于他年事已高且智慧超群，"上校"被港口众猫奉为一位不折不扣的权威。

"秘书"又跑了回来。

"请跟我来，'上校'答应破例见你。"他说。

索尔巴斯跟在他身后，在一张接一张的桌椅底下穿来穿去，来到贮藏室门口。他们沿着狭窄的楼梯一蹦一跳地拾级而下，在最底层找到了"上校"，他正高翘着尾巴检查几瓶香槟酒的软木塞呢。

"真倒霉①！一群老鼠咬坏了这儿最上乘香槟的软木塞。索尔巴斯，亲爱的朋友②！""上校"跟他打招呼，他总习惯于讲话时插上几句意大利语。

"很抱歉在你百忙之中打扰你，可我有件麻烦事，需要听听你的意见。"索尔巴斯说。

"非常乐意为你效劳，亲爱的朋友。'秘书'！拿点今天早上发给我们的油炸薄饼招待我这位朋友。""上校"吩咐道。

"可您已经全吃了！连闻都没让我闻一下！""秘书"不由地抱

———————————

① 原文为意大利文。
② 原文为意大利文。

怨道。

索尔巴斯谢了"上校"的好意，说他还不饿。接着，他便开始向对方讲述那只海鸥如何突然降临，她的状况如何令人担忧，他又是如何迫不得已承诺她三件事的。老"上校"一言不发，听完之后，他将了将长胡子沉吟片刻，最后语气坚定地说：

"太不幸了！得帮帮那只可怜的海鸥重返蓝天。"

"是啊，但该怎么做呢？"索尔巴斯问。

"最好去问问'万事通'。""秘书"建议道。

"这正是我要说的。你这家伙为什么要抢我的话？""上校"责备地说道。

"得了，这主意不错，我去找'万事通'。"索尔巴斯说。

"咱们大家一块儿去。在港口，一只猫的事情就是所有猫集体的事情。""上校"庄严地宣布。

三只猫离开了贮藏室，他们穿过港口对面横七竖八的住户家中迷宫一般的院落，朝"万事通"的住所走去。

一个奇怪的地方

　　"万事通"住的地方很难用言语描绘，因为乍看上去，可以说它是一间出售奇怪物品的杂乱无章的商店，一座陈列怪诞物品的博物馆，一个存放废旧机器的仓库，一个世界上最最混乱的图书馆，或者是某位专门发明一些难以名状的装置的天才发明家的实验室。可这一切都不足以用来形容它，讲得再明白些，它还远远不止上述这些内容。

这儿是"哈利"港口杂货店，店主哈利是一位上了年纪的老水手，他有着五十年的航海经历，足迹遍至七大洋。他曾到过成百上千的港口，尤为喜好收集各地形形色色的物品。

毕竟岁数不饶人，上了年纪之后，哈利决定不再到处漂泊航行了，他要做个陆地海员，于是便开了这爿店，出售他收集来的各种藏品。他在港口的一条街上租了一套三层楼房，但很快就发觉这远远不够用来摆放那些稀奇古怪的玩意儿，于是他又租下旁边一座两层的楼房，可还是不够。最后，直到租了第三间屋子，他才安置妥当他的那些收藏品，并按照独特的顺序将其一一摆放整齐。

这三间屋子之间由走廊和狭长的楼梯连接起来，里面陈列了上百万件藏品，其中最引人注目的要数：七千二百顶有活动帽檐的防风帽；一百六十只历经数次环球航行的船舵方向盘；两百四十五只在浓雾密布的天气能派上用场的船用信号灯；十二台曾供脾气暴躁的船长们敲敲打打用以发号施令的发报机；两百五十六只从未指错过方向的罗盘；六只体积与真象一般大小的木头大象；两只在凝望大草原的长颈鹿标本；一只北极熊标本，它的肚皮上还耷拉着一只同样制成标本的挪威探险家的右手；七百只风扇，每当扇页转动，都会勾人忆起回归线附近黄昏时分起伏荡漾的清新微风；一千二百张麻制吊床，躺在上面准能美美地做个好梦；一千三百只从来只演绎爱情故事的苏门答腊岛玩偶；一百二十三台幻灯放映机，播放的永远是旖旎风光与宜人景色；五万四千本用四十七种语言写就的小说；两件埃菲尔铁塔的仿制品，其中一件动用了五十万根缝衣针，另一件则用三十万根牙签制成；三口英国海盗船上的大炮；十七只自北海海底打捞上来的锚；两千幅日薄西山的风景画；十七台一些大作家曾经使用过的打字机；一百二十八条只有长得身高超过两米的人才穿得下的法兰绒男用短裤；七件为小矮人量身缝制的燕尾服；五百个海水浮沫桶；一台用来指示南十字座的等高仪；七只幽幽响荡着神秘遇难船只清远回音的大海螺；一块十二公里长的红丝绸；两只潜水艇舱口；还有其他许多东西就不一一赘述了。

逛这家杂货店得买门票，一旦入内，还要具备极好的方向感，才不至于在这座由没有窗户的房间、长长的走廊和狭窄的楼道构成的迷宫中迷路。

哈利有两只宠物：马蒂阿斯是一只黑猩猩，身兼售货员与保安二职，他常和老哈利一起下跳棋——当然下得奇臭无比，他生性嗜饮啤酒，还总少找顾客零头。另一个就是"万事通"了，这只灰猫身材瘦小，大多数时候都在潜心研习店里成千上万的藏书。

"上校"、"秘书"和索尔巴斯竖着尾巴步入店堂。令他们感到沮丧的是，坐在售票台后的不是哈利，因为那位老伯对他们总是很客气，每次还会招待他们吃根香肠。

"等等，你们这些跳蚤囊！你们忘了买门票了。"马蒂阿斯尖声尖气地嚷嚷。

"什么时候开始猫也要买门票了？""秘书"抗议道。

"门口的告示上说得明明白白：'门票，两马克一张'，什么地方写了猫可以免费入内啊？要么交八个马克来，要么给我滚开。"黑猩猩大声嚷着，口气强硬得很。

"猴先生，以鄙人之见，恐怕数学不是您的强项。""秘书"说。

"这正是我要说的，您又抢了我的话头。""上校"不由抱怨对方。

"哇！哇！哇！要么付钱，要么滚开。"马蒂阿斯威胁他们。

索尔巴斯跳到售票处的另外一边，狠狠盯住猩猩的眼睛。他就这样一直瞪着对方，直到马蒂阿斯再也忍不住眨了眨眼睛，眼里都溢出泪来了。

"好了，一共应该是六马克。谁都有犯错的时候。"他叫得底气不足。

索尔巴斯一直瞪着他，一边亮出右前爪的一根指头。

"你喜不喜欢，马蒂阿斯？我还有九根一模一样的呢。想想看，这些指头全都钉在你那暴露于大庭广众之下的红屁股上会是什么滋味？"索尔巴斯冷冷地说。

"这次全当我没看见好了。进来吧。"猩猩佯作镇定，依了他们。

三只猫骄傲地翘着尾巴，消失在这座布满通道的迷宫里。

一只无事不晓的猫

"太可怕了！太可怕了！多可怕的事啊！""万事通"一看到有人来了就冲着他们大叫。

他神色不安地踱来踱去，面前的地上放着一本翻开的厚书，他还不时抬起前爪抱住脑袋，看样子真的很无助。

"怎么回事啊?""秘书"问。

"这正是我要问的。看来您是抢我的话头抢上瘾了。""上校"抗议道。

"说来听听，没那么严重吧。"索尔巴斯提议说。

"怎么没那么严重？简直太可怕了！太可怕了！那些天杀的老鼠把这本地图册啃掉了整整一页。那张马达加斯加的地图不见了。太可怕了！""万事通"捋了捋胡子，坚持自己没有言过其实。

"'秘书'，记得提醒我组织一场大搜捕，对付这些吃了马萨卡尔……马斯加卡尔……的老鼠们，总之，您知道我指的是什么。""上校"说。

"马达加斯加。""秘书"更正道。

"再接着说下去啊，接着抢我的话头啊。真见鬼！""上校"气急败坏地大声喝道。

"我们会助你一臂之力的，'万事通'。但现在我们来这儿是因为遇上了一件麻烦事，你是万事通，或许能帮帮我们。"索尔巴斯说着，给他讲述了那只海鸥的悲惨遭遇。

"万事通"听得很仔细，不时地点头表示同意。他的尾巴也随之摇来晃去，生动且充分地表达着他的所思所想，一旦索尔巴斯的话让他有所感触，他就拼命地将尾巴往后爪底下压。

"……我就这样让她独自待着了，情况十分糟糕，就是刚刚发生的事……"索尔巴斯收住话头。

"多可怕的故事啊！简直耸人听闻！我们看看，让我想想：海鸥……石油……石油……海鸥……病入膏肓的海鸥……有了！咱们来查查百科全书！"他兴高采烈地大叫。

"什么?！"三只猫同时发问。

"百—科—全—书。一本囊括百科知识的书。我们应该查第七卷和第十七卷，分别是 G、P 字母开头①。""万事通"一边说着，一边果断地伸爪一指。

"那咱们就看看那个什么白柯……百课……嗯哼!""上校"建议。

_____

① 西班牙语"海鸥"为 gaviota，"石油"为 petróleo，首字母分别为 g 和 p。

"是百—科—全—书。""秘书"慢条斯理地嘀咕了一句。

"这正是我想说的。这下再明白不过了，您总是克制不住要抢我的话头。""上校"嘟嘟哝哝，牢骚满腹。

"万事通"爬上一件大家具，那上面排放着好多厚厚的书，看上去很壮观。他在书脊上找到G、P字母，便把这两卷丢到地上，然后立即爬了下来，挥动一只爪子开始翻书。那只爪子很短，由于翻书过度都已经磨损了。其他三只猫肃然起敬，默不作声，侧耳倾听他时不时的喃喃自语，声音小得几乎听不清。

"对，我想我们找着门儿了。多有意思！Gavía（桅楼），Gaviero（桅楼瞭望员），Gavilán（鹞），瞧，多有意思！听好了，朋友们：看样子鹞是一种可怕的鸟，太可怕了！它被视作生性最残忍的猛禽之一。太可怕了！""万事通"兴奋地大喊大叫。

"我们对鹞可不感兴趣。我们想知道有关海鸥的说法。""秘书"打断了他。

"您就不能行行好，别再抢我的话头了？""上校"嘀嘀咕咕地抱怨。

"对不起，百科全书对我而言有着不可抗拒的魔力，每每翻阅它我都能学到新的东西。""万事通"向大家道歉，接着继续往下翻，直到找到了他要找的那个词。

然而，百科全书上有关海鸥的内容帮不上他们什么忙。至多让他们搞清楚了，这会儿使他们忧心忡忡的那只海鸥属银羽类，而这种称呼是缘于他们的银色羽毛。

同样，从书上找到的有关石油的部分对如何救助那只海鸥也没什么用，可他们却不得不忍受"万事通"长篇大论地扯到了一场发生在七十年代的石油战争。

"看在小刺猬刺的分上！我们还在原地踏步。"索尔巴斯说。

"太可怕了！太可怕了！这还是百科全书头一回让我失望呢。""万事通"愁眉苦脸地承认。

"那么在那本白柯……百课……总之，你知道我在指什么了，上面没有一些关于如何去除石油油污的实用建议吗?""上校"试探地问道。

"真是天才啊！可怕的天才！我们早就该从这儿入手了。我马上给你们拿第十八卷，Q字母开头，有关去污剂的。[①]""万事通"欢呼雀跃地大声宣布，又重新爬上那件放满了书的家具。

"看到没有？假如您能改掉那个总抢我话头的可恨的习惯，我们早就知道该怎么做了。""上校"冲着一言不发的"秘书"说。

在印有词条"去污剂"的那一页上，他们不但找到了去除果酱、墨水、血迹、覆盆子糖浆等污渍的方法，还知道了清除石油油污的窍门。

"'用汽油弄湿手绢，再擦拭油污表面'，我们找到了!""万事通"说。

"我们什么也没找到。究竟上哪儿才能搞到该死的汽油呢?"索尔巴斯抱怨着，满脸的不高兴。

---

① 西班牙语"去污剂"为 quitamanchas，首字母为 q。

“别急，如果我没记错，咱们餐厅地下室有一罐泡着刷子的汽油。‘秘书’，您知道该怎么做了吧。”“上校”说。

“对不起，先生，我不明白您的意思。”“秘书”连忙道歉。

“很简单：您用尾巴沾上适量汽油，然后我们一起去探望那只可怜的海鸥。”“上校”说着，眼睛瞟向别处。

“哦，不！那样可不行！无论如何也不行！”“秘书”坚决不答应。

“我得提醒您，您会在今天下午的菜单上看到双份奶油肝脏。”“上校”悄悄地对他说。

“把尾巴放进汽油里！……您刚刚说是奶油肝脏?”“秘书”一脸懊丧地说。

“万事通”决定陪他们一同前往，于是四只猫结伴跑到哈利杂货店的出口。看到他们走过时，刚刚畅饮完一杯啤酒的猩猩冲他们打了个响嗝。

索尔巴斯
开始履行诺言

四只猫下了屋顶，到达阳台，他们立刻就意识到来晚了一步。面对海鸥那早已了无生气的身躯，"上校"、"万事通"和索尔巴斯一脸的凝重，而"秘书"则在风中将尾巴拼命地摇来晃去，以驱散汽油味。

"我看咱们得给她合上翅膀。在这种情况下通常都要这样做。""上校"向大家说明。

他们强忍着这具沾满石油的躯体引发的阵阵恶心，将她的翅膀向躯干合拢过去，在翻动她的时候，大家发现了那只白色的、镶有蓝色斑点的海鸥蛋。

"蛋！她把蛋生下来了！"索尔巴斯大叫。

"你麻烦大了，亲爱的朋友，麻烦大了！""上校"提醒他说。

"我该拿这只蛋怎么办呢？"索尔巴斯这样问自己，愈加一筹莫展。

"一只蛋可以有很多用途。比方说，做只煎蛋饼。""秘书"建议道。

"对了！看看百科全书，它会告诉我们怎样烹制最上乘的煎蛋饼。这得查第二十一卷，T字母开头[①]。""万事通"语气确凿。

"这个问题免谈！索尔巴斯向那只可怜的海鸥保证过，他将照看她的蛋和孩子。一只港口猫许下的诺言跟这儿所有的猫都有关，

[①] 西班牙语"饼"为 tortilla，首字母为 t。

所以不可以碰这只蛋。""上校"义正辞严地宣布。

"可我不知道该怎样去照看一只蛋！我可从来都没有照看过一只蛋！"索尔巴斯绝望地说道。

于是，大家都朝"万事通"看去。也许在那本闻名遐迩的百一科一全一书上面会查到相关内容。

"我得查查第八卷，H字母开头，那儿肯定能找到一切与蛋^①有关的东西。可眼下我觉着先得给它保保温，用体热保温，要相当热的体温才行。"他的口气听上去像是故弄玄虚的说教。

"就是说要挨着蛋躺下，但不能碰破它。""秘书"说道。

"这正是我要向大家建议的。索尔巴斯，你守在海鸥蛋旁边，我们几个一起陪'万事通'回去看看他的白柯……百课……总之，你知道我在指什么啦。晚上我们会带新消息回来，再一起把那只可怜的海鸥埋了。""上校"一一作了安排，然后蹿上屋顶。

---

① 西班牙语"蛋"为 huevo，首字母为 h。

"万事通"与"秘书"也跟着他走了。索尔巴斯留在阳台上，身边躺着那只海鸥蛋和海鸥的尸体。他小心翼翼地躺了下来，将蛋贴着肚皮。他不由觉得自己的样子可笑至极。他想，这会儿如果再被早上遇见的那两只无赖猫撞上，他们少不了又要对他冷嘲热讽一番。

可是诺言毕竟是诺言。就这样，沐浴在和煦的阳光下，他昏昏欲睡，那只白色的、镶着蓝色斑点的海鸥蛋紧紧地贴在他那黝黑的肚皮上。

一个凄凉的夜晚

皓月当空，"秘书"、"万事通"、"上校"和索尔巴斯一起在栗树下挖了一个坑。此前，为避免被人看见，他们已将海鸥的尸体从阳台扔到了院落。他们手脚麻利地将她放入坑中，用土埋好。"上校"语气沉重地说：

"各位猫朋友，在这个月夜，我们几个向这只连姓甚名谁都不知道的海鸥告别。关于她，我们唯一所知的，那还得感谢'万事通’的渊博学识，就是她属于银羽类海鸥。也许她来自遥远的地方，来自百川汇入海洋的地方。对她我们知之甚少，但重要的是，她奄奄一息地来到我们中的一员索尔巴斯的家中，把自己的信任全都托付给了他。索尔巴斯向海鸥承诺会照看她临终前产下的蛋，会照顾即将诞生的雏鸥，还有一件事很难办，朋友们，那就是他保证会教小海鸥学习飞翔……”

“飞翔。第二十三卷，V 字母开头①。”只听到“万事通”又在喃喃自语。

“这正是‘上校’先生要讲的。你可别抢了他的话头。”“秘书”提醒他。

“这些诺言很难实现。”“上校”不予搭理，接着往下讲，“但是，我们知道，港口的猫一诺千金。为了帮助他实现诺言，我命令，索尔巴斯，不许把蛋丢了，要一直等到雏鸥出世；‘万事通’，你去查

---

① 西班牙语“飞翔”为 volar，首字母为 v。

查那本白柯……百课……总之，就是那些书啦，找出所有与飞行技巧有关的东西。现在我们大家向这只因为人类酿成的灾祸而不幸遇难的海鸥告别。让我们仰望星空，一起唱响那首港口猫的再见之歌吧。"

就在那棵老栗树下，四只猫吟诵起悲伤的祷文来。很快，附近其他的猫、河对岸的猫也加入了他们声音的行列，接着又汇入了犬吠声、笼里金丝雀的悲鸣、巢中麻雀的哭号、青蛙凄惨的哀泣，甚至都能听见猩猩马蒂阿斯扯得走调的嘶叫。

汉堡港家家户户都开了灯，那一夜，所有的居民都在争相打听，为何突然之间动物们都变得如此令人费解的悲伤。

第二部

孵海鸥蛋的猫

又大、又黑、又肥的猫一连好多天都躺在海鸥蛋旁边，守护着它，他那毛茸茸的爪子小心翼翼地捂着蛋身，一旦身体不经意地动那么一下，蛋就会连带地滚出几厘米远。那几天真是漫长难熬，有时他会突然觉得一切都是徒劳，因为看上去他像在看管一件没有生命的东西，一块极易碎裂的石头，尽管它洁白纯净，还饰有斑斑蓝点。

每逢他久坐不动以致痉挛时——因为，根据"上校"的指示，他只有吃饭或者非得去盒子方便时才能离开海鸥蛋——他就按捺不住心中的好奇，想瞧瞧那只石灰球里是否真的会冒出一只小海鸥来。于是，他竖起一只耳朵凑近海鸥蛋，然后再换上另一只屏息谛听，可是什么都听不见。当他将蛋放在背光处试图看看里面到底装了些什么的时候，还是遂不了心愿。这只镶有蓝色斑点的白蛋壳太厚，绝对什么都透不出来。

"上校"、"秘书"和"万事通"每晚都会登门造访，前来察看海鸥蛋的近况，看看是否出现了"上校"所说的"期望的进展"，可一旦发现它还跟第一天一样时，他们便立刻转换话题。

"万事通"不停地慨叹他的百科全书上没有讲明孵化期究竟有多长：从他那摞厚厚的书中得到的最确切的资料莫过于，海鸥蛋的孵化期在十七到三十天之间，具体时间则因海鸥妈妈的种类而异。

对一只又大、又黑、又肥的猫而言，孵蛋并不容易。他忘不了那个清晨，负责照看他的主人的那位朋友认为屋子里灰尘太多，要用吸尘器好好地吸一吸。

每天早上主人那位朋友上门的时候，索尔巴斯就把蛋藏在阳台的几个花盆中间，这样好留几分钟给那位好心人帮他更换盒子里铺的沙砾石，再给他打开食品罐头。他向他喵喵直叫，表示道谢，再用身子蹭蹭他的双腿，那人便不迭地夸赞这只猫咪亲切和善，然后离开屋子。可是那天早上，索尔巴斯看到他用吸尘器清理了客厅和卧室之后，又听到他说：

"现在轮到阳台了，就数花盆中间积的垃圾最多。"

一听到水果盘掷地摔成碎片的爆响，那人立刻赶到厨房，在门口就开始大声嚷嚷：

"你疯了吗，索尔巴斯？！瞧你都干了些什么！现在你给我从这儿出去，蠢猫。你就差爪子没扎上碎玻璃碴儿了。"

多么不分青红皂白的斥责啊！索尔巴斯离开了厨房，佯作羞愧难当，夹起尾巴一路跑到阳台上。

把那只蛋滚到床底下可真不容易，但他还是办到了。他一直坚

守在那儿，等着那人打扫完毕，直至离开。

第二十天的傍晚，索尔巴斯正在打盹儿，没有觉察到海鸥蛋有了动静，缓缓的，但它确实在动，好像要在地上打起滚来。

他觉得肚子上有点痒，便醒了。他睁开双眼，忍不住惊跳了一下，他分明看见蛋身的裂缝处有个黄色小点若隐若现。

索尔巴斯用前爪抓起海鸥蛋，看着雏鸥一点一点地啄开一个孔，然后从中探出了那颗小小的、白白的、湿湿的脑袋。

"妈咪！"小海鸥在叫他。

索尔巴斯不知道该怎么回答。他知道自己浑身上下黑不溜秋，但他相信，由于此时的激动与羞愧，他已成了一只丁香色的猫。

当个妈咪
不容易

"妈咪！妈咪！"钻出蛋壳的雏鸥又在叫唤。它长得犹如牛奶一般白润，身上披着稀疏短小的嫩羽。它试着迈开几步，随即便倒入索尔巴斯的怀里。

"妈咪！我饿！"雏鸥一边朝他嚷嚷，一边用嘴啄他的皮毛。

该喂它点什么呢？关于这方面"万事通"可什么也没提过。他知道海鸥通常吃鱼，可上哪儿才能搞到一块鱼？索尔巴斯跑到厨房，滚了一只苹果过来。

雏鸥直起身子，哆哆嗦嗦晃着爪子，迫不及待地向苹果扑去。它的黄色小嘴一碰到苹果表皮就如橡皮一般打弯儿，等嘴巴重新变直的时候，又把小海鸥往后弹翻一个跟头。

"我饿！"小海鸥恼羞成怒地直嚷嚷，"妈咪！我饿！"

索尔巴斯想喂它吃点土豆或几片饼干什么的，主人度假去了，家里没什么东西可选择的！他好懊悔自己在小海鸥出生前早已把盘子里的食物一扫而光。一切都是徒劳。它的小嘴巴太软了，一碰到土豆就打弯儿。就在他绝望之际，他想起小海鸥是鸟，而鸟都吃虫子的。

他跑到阳台上，耐着性子等啊等啊，希望有只苍蝇出现在他的利爪所及范围。不一会儿，他逮到了一只，立刻拿到饿坏了的小海鸥跟前。

小海鸥用嘴叼起苍蝇，狠狠一咬，闭着眼睛，咽了下去。

"真好吃！我还要，妈咪，我还要！"它兴奋地叫着。

索尔巴斯从阳台的一端蹿到另一端。等他捉到五只苍蝇和一只蜘蛛的时候，对面房子的屋顶上传来了好几天前曾冒犯过他的那两只无赖猫的熟悉声音。

"您瞧，老兄。小胖子在做韵律体操呢。就他那副身段，长在谁身上都会成为舞蹈家。"其中一个开了腔。

"我倒觉得他在练健美操。多棒的小胖墩啊！多苗条！体型真好！喂，小油脂球，你是不是准备参加选美比赛啊？"另一个说。

两只无赖猫一阵窃笑，远远地躲在院子的另一边。

索尔巴斯打心底里想让他们尝尝自己爪子的厉害，可眼看他俩离那么远，他不得不拿起捕获的战利品回到饿坏了的小海鸥的身边。

雏鸥一口气吞下五只苍蝇，却怎么也不愿意尝一下那只蜘蛛。它心满意足地打着饱嗝，紧挨着索尔巴斯的肚皮蜷起了身子。

"我困了，妈咪。"它说。

"喂，很抱歉，我可不是你的什么妈咪。"索尔巴斯说。

"你当然是我的妈咪。你还是一个非常好的妈咪。"它加上一句，然后合上了眼睛。

　　当"上校"、"秘书"和"万事通"赶到的时候，他们看到小海鸥已经挨着索尔巴斯睡着了。

　　"恭喜恭喜！它真是个漂亮宝贝，生下来有多重?""万事通"问。

　　"这是什么问题? 我又不是它妈妈!"索尔巴斯装聋作哑。

　　"这种情况下人们通常要问这些问题。你可别往歪处想，它确实是个非常漂亮的宝宝。""上校"说。

　　"太可怕了！太可怕了!""万事通"大声叫起来，用前爪捂住了嘴巴。

　　"你能跟我们讲讲又有什么可怕的事情吗?""上校"问他。

　　"小海鸥没有东西吃。多可怕啊！多可怕啊!""万事通"坚持己见。

　　"你说得对。我刚喂了它一些苍蝇，我想要不了多久它又得吃东西了。"索尔巴斯向大家坦言。

63

"'秘书'，您还等什么呢?""上校"问。

"对不起，先生，我不明白您的意思。""秘书"抱歉地说道。

"快去餐厅带条沙丁鱼回来。""上校"命令他。

"为什么又是我，啊? 为什么总是我被人差遣来使唤去的，啊? 一会儿让我尾巴沾点汽油，一会儿又让我去找沙丁鱼。为什么总是我，啊?""秘书"抗议。

"因为今天晚上，我的先生，我们要吃罗马式鱿鱼。难道您不认为这是一个恰如其分的理由吗?""上校"说。

"可我的尾巴上还残留着汽油味呢……您说是罗马式鱿鱼?……"在跳上一只桶之前，"秘书"又追问了一句。

"妈咪，这些人是谁?"小海鸥指着猫们发问。

"妈咪! 它叫你妈咪! 多可怕的亲热哟!""万事通"大叫起来，索尔巴斯瞥了他一眼让他闭嘴。

"好了，亲爱的朋友，你已经实现了第一个诺言，而且正在履行第二个，就剩下第三个了。""上校"宣布道。

“最容易的那个：教它飞翔。”索尔巴斯自嘲地说。

“我们可以办到的。我还在查阅百科全书，但是要弄懂一件事情总得花点工夫才行。”“万事通”说得信心十足。

“妈咪！我饿了！”小海鸥打断了他们的交谈。

险情暗伏

　　自打小海鸥出世的第二天，麻烦事就接踵而至。索尔巴斯不得不小心行事，以免主人的朋友发现小海鸥。一听到门有动静，他就把一只空花盆倒扣在小海鸥的身上，自己再压在上面。所幸的是，那人没有到阳台上去，而且在厨房里也听不到小海鸥抗议的叫喊。

　　那位朋友跟往常一样，清理盒子，重新铺上沙砾石，打开食品罐头，在离开之前，他从阳台门口探出身子。

"我希望你没病着,索尔巴斯。这还是头一回我给你开了罐头你没有立即跑过来。你待在花盆上做什么?谁见了都会说你准藏了什么好东西。好吧,明天见,小疯猫。"

要是他想到要看看花盆底下的东西会怎么样?一想到这点,索尔巴斯的肚皮一阵松动,不得不跑到盒子旁边。

他待在那儿,高耸着尾巴,感到一阵轻松,一边在思考那个人讲的话。

"小疯猫,"他就是这么称呼他的,"小疯猫。"

也许他言之有理,最实际的做法应该是让他看看小海鸥。那人一定会以为索尔巴斯的图谋不外乎吃了小海鸥,他会因此将小海鸥带走,将它养大。可是他却把它藏在花盆下面。他是只疯猫吗?

不。他决不是一只疯猫。索尔巴斯对港口猫的荣誉法典始终恪守不渝。既然他曾答应奄奄一息的海鸥妈妈要教小海鸥学飞翔,那么他就一定要做到。他尚不知道该怎么去实施他的承诺,但他会去做的。

索尔巴斯小心翼翼地盖好自己拉的粪便，此时，他听到了小海鸥惊恐万分的叫喊，于是立即赶回阳台。

　　眼前的一幕让他的血液顿时凝固了。

　　那两只无赖猫正站在小海鸥的面前，尾巴兴奋地摆来晃去，其中一只用爪子揪住雏鸥的尾部，把它吊在空中。所幸的是，他们背朝着索尔巴斯，没有发觉他的到来。索尔巴斯全身的肌肉不由绷得紧紧的。

　　"谁料到今天咱们会白捡一顿丰盛的早餐，老兄。它是嫩了点，可看上去似乎味道不赖。"其中一只说。

　　"妈咪！救命呀！"小海鸥喊了起来。

　　"我最爱吃鸟翅膀，这只的翅膀小了点，不过大腿看上去倒还肉嘟嘟的。"另一只猫强调说。

　　索尔巴斯一跃而起，在半空中伸出前爪的十根指头，朝两个无赖中间扑了过去，一把攥住他们的脑袋就往地下按。

　　那两只猫竭力直起腰板，眼看就要站起来时，每只猫的耳朵上都挂了彩。

"妈咪！他们要吃我！"小海鸥大叫。

"我们要吃您的孩子？不，夫人。绝对不是这么回事。"其中一只猫说着，脑袋紧紧贴着地面。

"我们是吃素的，夫人，绝对的素食主义者。"另一只猫也帮腔附和。

"我可不是什么'夫人'，蠢货。"索尔巴斯拎起他俩的耳朵让他们瞧瞧自己是谁。

一认出他，两个无赖不由浑身寒毛直竖。

"您的孩子长得真漂亮，老兄。它准会成为一只了不起的猫。"其中一只说道。

"这打老远就能看出来，真是只英俊的小猫。"另一只语气肯定地说。

"它不是猫，它是只小海鸥，蠢货。"索尔巴斯说。

"我常常跟我这位哥儿们讲，也应该生个海鸥宝宝，对不对，老兄？"其中一只大声宣称。

索尔巴斯决定就此了结这场闹剧，可是得用爪子给那两个白痴留下点记忆才行。他猛地收起前爪，撕下他们一人一只耳朵，那两只猫痛得嗷嗷直叫，顷刻之间逃之夭夭。

"我有一个勇敢的妈咪！"小海鸥说。

索尔巴斯意识到阳台并非安全之地，可又不能把它安置在屋里，因为小海鸥吃喝拉撒乱来一气，会被主人的朋友发现的，他得给它找个安全的藏身之地。

"来，咱们散步去。"索尔巴斯说着，小心翼翼地用牙齿叼起了小海鸥。

危险犹存

　　四只猫又在哈利的杂货店碰头，他们一致决定小海鸥不能继续待在索尔巴斯家里了，它面临太多太多的危险，其中最大的倒不是那两只无赖猫来势汹汹的造访，而是来自那位主人的朋友。

　　"不幸的是，人类往往是难以预料的，他们良好的初衷常常导致恶劣的伤害。""上校"抒发己见。

　　"一点没错。咱们不妨看看哈利，他为人很好，心地善良，但是因为太疼那只猩猩，知道他爱喝啤酒，好，每当那只猴子口渴时，他就一杯啤酒一杯啤酒地递过去。可怜马蒂阿斯这个酒鬼，早就不知道什么叫害臊了，一旦喝得神魂颠倒，他就即兴唱些可怕的歌。太可怕了！""万事通"说。

"至于人为造成的伤害嘛，大伙就想想那只可怜的海鸥吧，就因为人类倾倒垃圾毒化海洋的恶癖，她才死了。""秘书"补充说。

经过简短磋商，大家一致决定，索尔巴斯和小海鸥从此就寄居在杂货店里，直到它开始学飞翔为止。每天早上索尔巴斯得赶回家里一趟，以防主人的朋友起疑心，然后他再赶回来照看小海鸥。

"也该给小鸟取个名字了。""秘书"建议。

"这正是我想建议大家的。恐怕您是怎么也克制不住跟我抢话的念头了。""上校"抱怨道。

"我同意。它是该有个名字了，不过先得弄清楚它到底是雄是雌。"索尔巴斯说。

还没等他讲完，"万事通"已经从书架上扔下一册百科全书：

第二十卷，字母 S 开头，他一页一页地翻过去查找词条"性别"[①]。

要命的是，百科全书里没有任何关于如何识别海鸥幼仔性别的内容。

"得承认你的百科全书对我们没什么用。"索尔巴斯抱怨道。

"我不容许对我这套百科全书的功用存有任何质疑！那些书可是包罗万象的。""万事通"感到受了侮辱。

"海鸥。海洋鸟类。'逆风而上'！唯一能告诉我们它是雄是雌的只有'逆风而上'。""秘书"说得一板一眼。

"这正是我打算讲的，我不许您再抢我的话头了！""上校"抱怨道。

就在四只猫商谈来讨论去的时候，小海鸥已经在成堆的鸟类标本中间踱起步来。这儿林林总总汇集了乌鸦、八哥、大嘴鸟、孔雀、老鹰和游隼，它看着看着，有点不寒而栗。突然，一只闪着红眼睛却又

---

① 西班牙语"性别"为 sexo，首字母为 s。

不是标本的动物挡住了它的去路。

"妈咪！救救我！"它哇哇大叫起来。

第一个赶到它身边的是索尔巴斯，他来的正是时候，因为就在那一刻，有只老鼠正将他的魔爪伸向小海鸥的脖子。

一见到索尔巴斯，老鼠倏地逃开，钻进了墙缝。

"他要吃了我！"小海鸥依偎着索尔巴斯向他诉苦。

"我们没考虑到这层危险，我认为有必要狠狠教训这群老鼠一顿。"索尔巴斯说。

"我赞成，对那些不要脸的东西千万不要客气。""上校"建议道。

索尔巴斯走近墙缝，里面黑魆魆的，但他还是窥见了老鼠的那对红眼睛。

"我想见见你的头领。"索尔巴斯斩钉截铁地说。

"我就是这些老鼠的头领。"黑暗中他听到了回应。

"如果你是头领，那你们就连蟑螂都不如。快去向你的头领通报一声。"索尔巴斯口气强硬。

索尔巴斯听到老鼠渐渐远去。那老鼠是顺着一根管子溜走的，还把管子踩得嘎吱作响。几分钟后，他在半明半暗之中又看见了那对红眼睛。

"头领答应见你，就在那间放着大海螺的地下室，海盗箱的背后有一个入口。"老鼠尖声尖气地说。

索尔巴斯走到对方说的那个地下室。他在箱子后面找了一阵，发现墙上有一个通道。他拨开蜘蛛网，朝老鼠的世界走去。空气中散发出一股霉味儿和垃圾的臭气。

"沿着排水管道继续向前。"一只老鼠在尖着嗓门说话，可怎么也看不见他。

索尔巴斯照着做了。他只能匍匐前进，感到身上已经沾满了灰尘和垃圾。

他向黑暗深处走去，直到走进一间满是下水管道的房间，里面勉强透进一丝微弱的日光。索尔巴斯心里琢磨，他现在一定处于街道底下，那丝光线肯定是透过下水道的盖子钻进来的。这地方臭烘烘的，不过空间还算得上宽敞，够他四足着地直起身板了。一条污水管道横在中央。接着，他看到了老鼠头领。这只巨大的啮齿动物身披深色毛皮，浑身上下布满了疤痕，正闲着没事用爪子在尾巴关节处搔来搔去。

"哎呀，哎呀，大家瞧瞧是谁来看望我们啦，大肥猫。"鼠老大尖声尖气地嚷嚷。

"肥猫！肥猫！"一群老鼠高声附和着，索尔巴斯只能瞅见一对对闪动着的红眼睛。

"我希望你们不要去打扰小海鸥。"他厉声说道。

"如此说来，这里的猫当中真的有一只小海鸥啰。我早就知道了，下水道里传来传去的事情也不少。据说，那只小海鸥的味道不错，很不错，嘿，嘿，嘿！"鼠老大尖声狂笑。

"很不错！嘿，嘿，嘿！"其余众鼠也叫成一片。

"这只小海鸥处在猫的监护之下。"索尔巴斯说。

"等把它养肥了，你们还不美美地享用一顿？不请我们一道儿分享吗？自私鬼！"鼠老大不满地谴责对方。

"自私鬼！自私鬼！"其余的老鼠也随声附和。

"相信你也清楚，我消灭的老鼠比我身上长的毛还多。要是小海鸥有个什么三长两短，你们的死期也指日可待了。"索尔巴斯严厉地发出警告。

"喂，小油球，你想过没有，你还出得去吗？我们可以拿你下料做一道味道不赖的猫肉酱。"鼠老大威胁他。

"猫肉酱！猫肉酱！"其余众鼠又齐声呼应。

索尔巴斯向鼠老大扑了过去。他骑在对方背上，用爪子按住他的脑袋。

"你就快没有眼睛了。你手下的小喽啰可以用我做道猫肉酱，可你却什么都看不到了。你们还骚扰不骚扰小海鸥了？"索尔巴斯恶狠狠地说。

"你可真没礼貌，好吧，去他什么猫肉酱，也不会有什么海鸥肉酱。下水道里面什么都可以协商嘛。"鼠老大屈服了。

"那我们就来协商协商。要用什么条件作为交换你们才肯放小海鸥一条生路?"索尔巴斯问道。

"在院子里自由进出。'上校'下令切断了我们通往集市的路径,我们要自由出入院子。"鼠老大说。

"好吧。你们可以通过院子,但只能在夜间,人们看不见的时候。我们也要维护猫的声望。"待一切谈妥之后,索尔巴斯松开了对方的脑袋。

索尔巴斯在下水管道里一步一步向后退回去,目光一刻也没放过鼠老大以及那一对对盯着他的充满仇恨的红眼睛。

雄的还是雌的？

三天之后他们才见到"逆风而上"，他是一只海洋之猫，一只不折不扣的海洋之猫。

"逆风而上"是"汉斯二号"的宠物，那是一艘负责清理易北河河底，扫除河底暗礁的大型挖泥船。"汉斯二号"的乘务人员对"逆风而上"非常器重，在清理河底的艰苦劳作中，大伙儿更是将这只身披蜜色毛皮，长着一对蓝眸子的猫咪视为并肩作战的战友。

每逢雨季来临，他们会给他套上一件为他量身定做的黄漆布雨衣，跟他们自己穿的雨衣几乎一个样。"逆风而上"站在甲板上走来走去，蹙着眉头，像是一位在恶劣天气中坚持奋战的水手。

"汉斯二号"也清理过鹿特丹、安特卫普和哥本哈根的港口，因此一谈及有关那些旅行的逸闻趣事，"逆风而上"便滔滔不绝。是的，他是一只真正的海洋之猫。

"啊哦！""逆风而上"一进杂货店就开口打招呼。

猩猩不知所措地眨巴着眼睛，眼睁睁地看着这只猫大摇大摆地长驱直入，全然不把他这位店堂售票员放在眼里。

"如果你不会讲早上好，至少也得买张门票吧，跳蚤囊。"马蒂阿斯出言不逊。

"右船舷的蠢货！看在梭子鱼牙的分上！你说我是跳蚤囊？让你见识见识好了，我这身皮毛曾被全世界港口所有的虫子咬过。改天我跟你说说曾伏在我背上的虱子，个头大得我背都背不动。看在鲸鱼须子的分上！我还要跟你讲讲那些卡卡图阿岛的虱子，少说也得吸足七个人的血才算饱。看在鲨鱼鳍的分上！快起锚，猴子，别挡了我的风！""逆风而上"一声令下，未及猩猩回应，便自顾自地径直往前去了。

到了藏书室，还在门口他就同已经聚在那儿的猫打招呼。

"莫因！""逆风而上"先声夺人，他讲"早上好"也爱用强劲有力且不失柔美的汉堡方言。

"你终于来了，船长，你不知道我们多么需要你啊！""上校"跟他打招呼。

他们忙不迭地向他讲述了海鸥的故事，以及索尔巴斯是如何许下诺言的，并一再重申，这些诺言关系到每一只猫。

"逆风而上"听着听着，不时难过地摆摆头。

"看在乌贼鱼墨汁的分上！海洋里总发生些骇人听闻的事情。有时我也会问自己，有人是不是发疯了，因为他们打算把海洋变成一个大垃圾场。我刚从易北河入海口疏浚河泥回来，简直难以想象潮起潮落带来的垃圾究竟有多少。看在乌龟壳的分上！我们挖出了成桶成桶的杀虫剂，轮胎，一吨接一吨的塑料瓶，都是人们丢弃在沙滩上的。""逆风而上"愤愤不平地说。

"太可怕了！太可怕了！再这样下去，要不了多久'污染'一词就要布满百科全书字母 C 开头的第三卷了①。""万事通"义愤填膺地说道。

"那我又能为那只可怜的鸟儿做点什么呢?""逆风而上"问。

"你知道海洋的秘密，只有你能告诉我们小海鸥是雄还是雌。""上校"回答。

他们把"逆风而上"带到小海鸥那里，它正甜甜地睡着呢，此前它刚饱餐了一顿"秘书"送来的鱿鱼，根据"上校"的旨意，由他负责小海鸥的膳食。

"逆风而上"伸出一只前爪，先察看了一下它的脑袋，然后翻开它屁股上的羽毛。小海鸥睁着一对恐慌的眼睛，连忙搜寻索尔巴

―――――――――
① 西班牙语"污染"为 contaminación，首字母为 c。

84

斯在哪儿。

"看在螃蟹爪子的分上！"海洋之猫兴高采烈地大叫起来，"她是只俊俏的小雌鸥，有朝一日她产下的蛋会跟我尾巴上的毛一样多！"

索尔巴斯舔了舔小海鸥的脑袋。他后悔莫及，没能来得及问问海鸥妈妈叫什么名字，因为如果女儿注定要继承母亲因人类的懈怠行为而中断的飞行，那么让她沿用母亲的名字自然意味深长。

"我想小海鸥非常幸运，得到了我们大家的呵护，""上校"说，"就叫她'幸运儿'好了。"

"看在无须鳕鱼鳃的分上！多美的名字啊！""逆风而上"赞不绝口，"我记得在波罗的海曾经见过一艘美妙绝伦的双桅轻便船，也叫这个名字，'幸运儿'，整艘船都是白色的。"

"我敢肯定她将来会干出一番非凡的伟业，她的名字将会收入百科全书 A 字母①打头的第一卷。""秘书"深信不疑。

———————————
① 西班牙语"幸运儿"为 afortunada，首字母为 a。

大家一致认可了"上校"取的名字。于是，五只猫围着小海鸥站成一圈，直起身子，后爪着地，前爪平伸，让她整个儿罩在爪子搭成的屋檐下，接着一同唱响了港口猫的洗礼仪式圣歌。

　　"我们向你问好，'幸运儿'，你是猫的好朋友！"

　　"啊哦！啊哦！啊哦！""逆风而上"也扯着嗓门幸福地大叫起来。

"幸运儿"，
真的很幸运

在这群猫的悉心呵护下，"幸运儿"飞快地茁壮成长。在哈利杂货店仅仅住了一个月，她已出落成一只亭亭玉立的小海鸥，披上了一身光洁如丝的银羽。

每当商店有顾客光临，"幸运儿"便牢记"上校"的叮嘱，默不作声地待在那些经过香料处理的鸟类标本中间，装作也是其中一员。到了下午，商店打烊，老哈利也下班了，她会踱着海洋鸟类蹒蹒的步履把所有的房间逛个遍，对眼前陈列的成千上万件藏品赞不绝口，而此时的"万事通"会一头扎进书堆里翻来翻去，为索尔巴斯查找教她飞行的办法。

"飞翔就是向下、向后推动气流。啊哈！我们找着门儿了。""万事通"鼻子钻在书堆里，口中嘀嘀咕咕。

"为什么我要飞翔？""幸运儿"问他，翅膀紧紧贴在身上。

"因为你是只海鸥啊，海鸥都会飞翔。""万事通"答道，"我觉得太可怕了！太可怕了，你居然连这个都不知道。"

"可我不想飞，我也不要做海鸥。""幸运儿"抗议道，"我要做一只猫，猫是不用飞的。"

一天下午，她走到商店入口附近，颇不走运地碰上了那只猩猩。

"可别在这儿拉屎，你这怪鸟！"马蒂阿斯大吼。

"您为什么要这样讲，猴先生？"她怯生生地问。

"鸟唯一会干的就是拉屎，你就是只鸟。"猩猩重复了一遍，语气不容分说。

"您搞错了，我是只猫，我很干净的。""幸运儿"回答得彬彬有礼，争取博得对方的好感，"我就待在'万事通'的盒子里。"

"哈！哈！那帮跳蚤囊想方设法让你相信你也是他们中间的一员。你瞧瞧你的身子：你只有两只爪子，而猫有四只；你长的是羽毛，猫长的是皮毛。你有尾巴吗？啊？你的尾巴在哪里？你跟那只整天埋在书堆里，嘴里没完没了唠叨'太可怕了！太可怕了！'的猫一样，怕是疯了吧。死蠢鸟！你想知道你的朋友们为什么这么宠你吗？因为他们要等你长肥一点，才能用你做一桌丰盛的美味佳肴。他们会连你的羽毛一起通通吞个精光！"猩猩嚷得煞有介事。

那天下午，这群猫觉得很奇怪，因为小海鸥没来吃她最爱吃的一道菜："秘书"从餐厅厨房里顺手牵羊搞来的鱿鱼。

他们心急如焚，到处找她。最终还是索尔巴斯找到了，她正蜷着身子，待在那堆鸟类标本中间暗自伤神呢。

"你不饿吗，'幸运儿'？有鱿鱼呀。"索尔巴斯说道。

小海鸥的嘴巴张也没张。

"你不舒服吗?"索尔巴斯紧追不舍,很是担忧,"你是不是病了?"

"你要我吃东西是不是想让我长胖一点?"她问他,眼睛没有看对方。

"是为了让你健康茁壮地成长啊。"

"那么等我养胖一点,你是不是会请老鼠一块儿把我吃掉?"她说着,泪眼婆娑。

"这些蠢话你是从哪儿听来的?"索尔巴斯反应强烈。

"幸运儿"哭丧着脸,把马蒂阿斯对她讲的话全告诉了索尔巴斯。索尔巴斯舔了舔她的泪水,紧接着,他不由自主地发表了一番讲话,一番以往他从未讲过的话:

"你是一只海鸥,这点猩猩说得没错,但仅仅是这一点没错而已。我们大家都很爱你,'幸运儿'。我们爱你,因为你是只海鸥,一只漂亮的海鸥。听到你说自己是只猫的时候,我们没有反驳,因为我们很高兴你希望成为我们中间的一员。可是，你还是与众不同的，我们也喜欢你和我们不一样。我们没能帮上你母亲什么忙，但我们可以帮你。自打你一出壳，我们就一直守护着你。我们在你身上倾注了全部的爱，而且我们从未想过要让你成为一只猫。我们很乐意你是只海鸥。我们感到你也很爱我们，我们是你的朋友，你的家人。最好还应该让你知道，跟你在一起，我们一样也学到了让我们引以为荣的东西：我们学会了去欣赏、尊重并且喜爱自己的异类。人们很容易接受并喜爱自己的同类，却很难一视同仁地对待某种异类，可是你却帮助我们做到了。你是一只海鸥，也应该继续走海鸥的路。你应该去遨游蓝天，一旦你飞上云霄，'幸运儿'，我保证你将感到无比幸福，到那时，你对我们的感情，以及我们对你的感情都会更加浓烈，更加美妙，因为这种相互关爱滋生在完全不同的物种之间。"

"我害怕飞翔。""幸运儿"说着，直起了身子。

"等你飞起来的时候，我会在你身边的。"索尔巴斯舔着她的脑袋对她说，"我答应过你的母亲。"

　　小海鸥与又大、又黑、又肥的猫一起走开了。他深情地舔着她的小脑袋，她则展开一只翅膀搭在他的后背上。

学习飞翔

"在开始之前，我们最后检查一次各项技术。""万事通"说。

"上校"、"秘书"、索尔巴斯和"逆风而上"站在一个多层搁板架的顶层向下俯瞰，密切关注下面发生的情况。"幸运儿"正在下面，站在一条被他们称作跑道的走廊尽头，另一端，"万事通"正趴在百科全书字母 L 开头的第十二卷上。此时书已翻开到介绍词条"莱昂纳多·达·芬奇①"几页中的某一页，其中说到一种神奇的、被这位意大利艺术大师称为"飞行器"的器械。

"好，咱们先检查一下 a、b 支撑点是否稳固。""万事通"发出指示。

"检查 a、b 支撑点。""幸运儿"重复道，用左爪跳了一下，又用右爪跳了一下。

"很好。现在我们再看看 c、d 部位的延展性能如何。""万事通"说着，俨然成了美国国家航空航天局一位举足轻重的工程师。

"检查 c、d 部位的延展性能。""幸运儿"乖乖地展开双翅。

"很好！""万事通"说，"从头再来一遍。"

"看在比目鱼胡子的分上！让她飞起来吧！""逆风而上"哇哇大叫。

"我得提醒您，我是飞行的技术主管！""万事通"回答，"一切

---

① 原文为 Leonardo Da Vinci，首字母为 L。

必须确保万无一失，否则后果对'幸运儿'而言可能不堪设想。太可怕了！"

"说得对。他知道该怎么做。""秘书"说。

"这正是我要说的，""上校"又嘀咕上了，"您能不能别再抢我的话头了？"

"幸运儿"站在那儿，就要尝试她平生第一次飞行了。上个星期发生了两件事，让这群猫明白了小海鸥非常渴望展翅翱翔，尽管她把这个愿望掩饰得很好。

第一件事发生在一个下午，"幸运儿"陪这群猫一起到哈利杂货店的屋顶上晒太阳。美美享用了一个小时的日光浴后，他们看到有三只海鸥正在往高空飞去，飞得很高很高。

碧空映衬之下，她们看上去英姿飒爽，威风凛凛。她们时而舒展开翅膀，像凝固了一般悬浮在半空，但只需稍微动一动，就又飞了起来，体态优雅得让人艳羡不已，顿生与之共赴蓝天的渴望。忽然，这些猫不再仰望天空，他们的目光停驻在"幸运儿"的身上。这只小海鸥正在遥望空中遨游的同胞，不知不觉之中也展开了她的双翅。

"看啊，她想飞。""上校"说道。

"是啊，到了她该学飞翔的时候了，"索尔巴斯完全同意"上校"所言，"她已经长成一只强壮的大海鸥了。"

"'幸运儿'，飞啊！你也试一试！""秘书"给她鼓劲。

"幸运儿"一听到朋友们的呼唤，就收起翅膀，向他们走了过来。她挨着索尔巴斯躺下来，嘴里模仿着猫的打呼噜声。

翌日，又发生了一件事，当时这群猫正在听"逆风而上"讲故事。

"……就像我和你们说的那样，海浪很高很高，我们压根儿就看不到海岸，看在抹香鲸鱼油的分上！更糟的是我们的指南针也散了架。在这场暴风雨中我们漂了五天五夜，不知道是在朝岸边靠近，还是在往深海里航行。就在我们迷失方向的时候，舵手发

现了一群海鸥。朋友们，当时我们有多高兴啊！于是我们立即掉转船头紧跟这群海鸥的行迹，直到到达坚实的陆地。看在梭子鱼牙的分上！是那些海鸥救了我们一命。如果没有看到她们，现在我也不会在这儿给你们讲故事了。"

每当海洋之猫说起他的往事，"幸运儿"总是聚精会神地在旁聆听，此时她的眼睛更是瞪得老大老大。

"海鸥在暴风骤雨中也照飞不误吗？"她问。

"看在电鳗放电的分上！海鸥可是世界上最强壮的鸟类。""逆风而上"对此深信不疑，"没有比海鸥更能飞的鸟儿了。"

海洋之猫的话深深震撼了"幸运儿"的心灵。她用爪子跺了跺地，嘴巴也激动地蠕动起来。

"你也想飞吗，小姐？"索尔巴斯试探地问她。

"幸运儿"的目光依次扫过他们，然后答道：

"是的！请教我学飞翔吧！"

这群猫一阵欢呼，随即便着手实施这项伟大的工程。这一时刻他们已经等了很久。他们以猫特有的耐心期待着小海鸥告诉他们，她要飞翔，因为出于一种继承自远祖的智慧，他们意识到，学不学飞翔纯属个人决定。最开心的莫过于"万事通"了，他已经在百科全书 L 开头的第十二卷找到了飞行的基本原理，所以就由他全权负责指挥整场试飞。

"准备起飞！""万事通"一声令下。

"准备起飞！""幸运儿"向大伙儿郑重宣布。

"跑道起跑，a、b 支撑点往后蹬地。""万事通"下令。

"幸运儿"开始前进了，但她速度太慢，像是踩着一双久未上油的溜冰鞋。

"加速！""万事通"命令她。

小海鸥加快了一点，继续前进。

"现在展开 c、d 部位。""万事通"教她。

"幸运儿"一面继续向前，一面打开翅膀。

"现在抬起 e 部位！""万事通"喝道。

"幸运儿"抬起尾羽。

"现在，上下扇动 c、d 部位，向下推动气流，同时收起 a、b 支撑点!""万事通"吩咐她。

"幸运儿"扑扇着翅膀，收起爪子，升高了几拃距离，旋即又像只包袱栽倒在地。

这群猫猛地跳下架子，向她飞奔过去。他们看到小海鸥的眼睛里噙满了泪花。

"我真是个窝囊废! 我真是个窝囊废!"她悲痛不已，反复念叨这句话。

"哪有首次尝试就飞起来的，但是你肯定会成功的，我向你保证。"索尔巴斯舔着她的小脑袋对她说。

"万事通"竭力想找出问题究竟出在何处，把莱昂纳多的飞行器检查了一遍又一遍。

猫决定破戒

  "幸运儿"作了十七次飞行尝试，十七次都是刚飞了几厘米就坠落在地。

  "万事通"比平时更瘦了，在头十二次尝试受挫之后，他已经把胡子都拽秃了。他声音发颤，为自己辩解道：

  "我不明白。我已经仔细检查过飞行原理，也拿莱昂纳多的飞行器使用说明和百科全书 A 字母开头的第一卷上所有有关空气动力学^①的内容作过比较，可是我们还是没能成功。太可怕了！太可怕了！"

其余的猫接受了他的说辞，他们所有的注意力都在"幸运儿"身上，因为每次飞行失败后，她就愈加伤心，愈加闷闷不乐。

就在最后一次失败之后，"上校"决定暂停试验，因为经验告诉他，小海鸥已经开始对自己丧失信心，倘若她确实渴望飞起来，这是一个颇为危险的信号。

"也许她飞不起来了呢，""秘书"说出了心里话，"也许她跟咱们一起生活了这么久，已经丧失了飞行能力。"

"按照技术说明并遵循空气动力学原理是完全有可能飞起来的。大家别忘了，百科全书可是囊括一切的。""万事通"提醒众猫。

"看在虹鱼尾巴的分上！""逆风而上"叫了起来，"她是一只海

---

①西班牙语"空气动力学"为 aerodinámica，首字母为 a。

鸥啊，海鸥都会飞的！"

"她一定要飞起来。我答应过她的母亲，也答应过'幸运儿'，她一定要飞起来。"索尔巴斯一再重申。

"而且，履行承诺我们人人有责。""上校"提醒大家。

"大家得承认我们无法教她飞翔，我们必须向猫以外的世界寻求帮助。"索尔巴斯建议道。

"说清楚点，亲爱的朋友，你想到哪儿去求助？""上校"一本正经地问。

"我恳请大家允许我破一回戒，这是我平生第一次，也是最后一次。"索尔巴斯凝视着朋友们的眼睛提出了请求。

"破戒！"其余的猫伸出爪子，脊背发麻，毛发都竖了起来。

猫的法律这样明文规定，"禁止猫讲人话"，这倒并不意味着他们没有兴趣同人类进行交流，最大的危险还是来自人类可能作出的反应。他们会怎样处置一只会讲人话的猫？毋庸置疑，他们会把他囚进牢笼，进行各种各样愚蠢的实验研究，因为人类大都不能接受一个异类能听懂他们的话，并试图理解他们的心思。比方说，这些猫就很清楚那些海豚的悲惨下场，由于在人类面前表现得过于机灵，于是他们被安排在水上演出中充当小丑。这些猫还知道，人类对任何一种表现聪颖且具备接受能力的动物都会横加羞辱。比方说狮子，这些庞大的猫科动物被迫待在笼子里，还任凭一个白痴把头伸进他们的牙齿中间。再比如鹦鹉，被关进笼子了还在不停重复人们的蠢话。所以说，对猫而言，讲人话意味着要冒极大的风险。

"你陪着'幸运儿'，我们几个退场讨论你的请求。""上校"命令道。

这些猫关上门争论了好久好久，其间索尔巴斯一直和小海鸥待在一起，后者丝毫掩饰不住无法飞翔给她带来的忧伤。

等大家讨论完毕，已经入夜。索尔巴斯向他们走去，想知道他们究竟做出了什么决定。

"港口的猫允许你破戒一次，但仅仅这一次而已。你只能和一个人讲话，之前将由我们从所有的人当中敲定一个人选。""上校"
庄严地宣布了结果。

敲定人选

　　决定让索尔巴斯同哪一个人说话绝非一件易事。这些猫就他们所认识的人列了一份名单，然后再在其中一一筛选。

　　"雷内，这位厨师长，毫无疑问，他为人正直善良，总惦记着给我们留一份他的拿手好菜，'秘书'和我常常兴高采烈地将佳肴一扫而光。可是，这位好雷内只晓得调料、炒锅什么的，在这件事上帮不上我们什么忙。""上校"说道。

"哈利人也很好。他一贯善解人意，对人和蔼可亲，甚至对马蒂阿斯也不例外，都能原谅他那些可怕的举动，简直太可怕了！诸如他用广藿香煮水洗澡，那种香料闻起来真可怕，太可怕了！除此以外，哈利对海洋和航海了解甚多，可要说到飞行，他一窍不通。""万事通"说。

　　"卡罗，餐厅领班，口口声声说我属他管辖，我也乐得让他这么认为，因为他是个好小伙。遗憾的是他只知道足球、篮球、排球、赛马、拳击和其他许多体育运动，但我却从没听他说过什么飞行。""秘书"说道。

　　"看在海葵花漪纹的分上！我们船长为人极其和蔼，上回在安特卫普与人起争执的时候，对着一打向他挑衅的傢伙，他手下留情，只揍扁了其中一半。另外，他是那种爬上椅子头都会犯晕的人。看在章鱼触手的分上！我想他也帮不上我们。""逆风而上"说。

　　"我家那个男孩挺了解我的，可他还在度假，况且一个孩子哪里懂得什么飞行？"索尔巴斯说道。

"真倒霉，名单已经念完了。""上校"嘟囔了一句。

"不。还有一个人不在名单上，"索尔巴斯说，"和布布利娜住在一起的那个人。"

布布利娜是一只模样俊俏的母猫，她全身上下黑白相间，喜欢待在一个大阳台的许多花盆中间，一待就是很长时间。港口所有的猫每次经过她的面前都会放慢脚步，炫耀炫耀他们的身体如何有韧性，精心梳理过的皮毛如何的锃锃发亮，胡子长得如何的长，笔挺的尾巴又如何的优雅，总之就为了博得她的青睐。可是，布布利娜始终不为所动，她只接受一个人的关爱，就是那位住在那间带阳台的屋子里、面前总放着一台打字机的小伙子。

他是一个奇怪的人，有时看了自己刚刚写的东西也会不由自主地笑起来，有时却连看也不看就把纸揉成一团。他的阳台上总回响着一种舒缓忧郁的音乐，让布布利娜听了直犯困，从旁经过的猫听了也会感叹不已。

"布布利娜家的那个人？为什么选他呢?""上校"问。

“我也不知道，但这个人让我产生信任感。”索尔巴斯坦言，“我曾听他念过他写的东西，那些美妙的词句有时让人开怀，有时让人感伤，但不管怎样，总让人心生愉悦并且饶有兴致地继续听下去。”

“一个诗人！那个人写的东西叫做诗。百科全书第十七卷，字母 P①开头。”“万事通”念念有词。

“那么是什么让你觉得那个诗人通晓飞行呢？”“秘书”很想知道答案。

“也许他并不懂得如何用鸟的翅膀去飞翔，可每当听他吟诵的时候，我总觉得他在凭借那些诗句畅游天空。”索尔巴斯回答。

“同意索尔巴斯去布布利娜家和那个人交谈的请举起右爪。”“上校”命令道。

就这样，他们一致同意让索尔巴斯去跟那位诗人谈谈。

---

①西班牙语“诗”为 poema，首字母为 p。

母猫、公猫和诗人

　　索尔巴斯在屋顶上蹿来蹿去来到诗人家的阳台。看到布布利娜斜倚在花盆中间，他嘘了口气，然后说：

　　"布布利娜，你不要害怕，是我在上面。"

　　"你想干什么？你又是谁？"小母猫惊慌失措地问。

　　"拜托，你别走。我叫索尔巴斯，就住在附近。我需要你帮个忙。我可以下来吗？"

小母猫对他点头示意应允。索尔巴斯往下一跳，落在了晒台上，然后身子贴着后爪席地而坐。布布利娜凑近他嗅了嗅。

　　"你闻上去有书的味道，潮湿的味道，旧衣服的味道，鸟的味道和灰尘的味道，不过你的毛很干净。"小母猫说。

　　"那些都是哈利杂货店的气味，如果我身上还有猩猩的味道，你千万不要大惊小怪。"索尔巴斯提醒她。

　　一支舒缓的乐曲飘然而至，传入阳台。

　　"多优美的音乐啊。"索尔巴斯说。

　　"是维瓦尔第的《四季》。你想让我帮什么忙呢？"布布利娜很想知道。

　　"让我进屋，把我引荐给你的主人。"索尔巴斯回答。

　　"不行，他正在工作。别说别人，就连我都不能打搅他。"小母猫说道。

　　"拜托，是件很紧急的事，我代表港口所有的猫恳请你答应我。"索尔巴斯央求对方。

"你为什么要见他?"布布利娜颇不信任地刨根问底。

"我必须和他谈谈。"索尔巴斯回答得很果断。

"那可要犯了猫的大忌!"布布利娜寒毛直竖,冲着他大嚷,"快从这儿滚开!"

"不。如果你不让我进去,那我就叫他出来!来段摇滚你喜不喜欢,亲爱的小姐?"

屋里,诗人敲击着打字机。他正沉浸在无比的幸福之中,因为他就快完成一首诗了,行行诗句源源不断地涌上他的心头。忽然,阳台上传来了猫的叫声,但又不是他家布布利娜的,那只猫叫得不成调子,其中却又似乎蕴含着某种韵律。一半出于恼怒,一半出于好奇,他跑到阳台上,揉了揉眼睛才敢相信眼前的一幕。

布布利娜的两只前爪搭在脑袋上,捂住耳朵,一只又大、又黑、又肥的猫屁股着地,直挺挺地蹲坐在她面前,背倚着一只花盆,一只前爪托着尾巴,好像那是一把低音提琴,另一只爪子作拨弦状,一边低声吟唱。

他从惊诧中恢复过来，忍俊不禁，失声大笑。乘他紧捂肚子笑得前仰后合之际，索尔巴斯溜进了屋内。

当那个笑得半死的人转过身时，他发现又大、又黑、又肥的猫已经在一张扶手椅上坐好了。

"多美的音乐会啊！你确实独具魅力。不过布布利娜不见得喜欢你弹奏的曲子。多么动听的音乐会啊！"诗人说。

"我知道自己唱得糟糕透顶，毕竟人无完人嘛。"索尔巴斯操着人类的语言回答他。

那人张大嘴巴，拍了拍自己的脸，背靠在了墙上。

"你……你……你会说话。"他大声叫了起来。

"你也会说话呀，我倒没有大惊小怪。拜托，请你冷静点。"索尔巴斯好言相劝。

"一……只……猫……会说话。"那人说着，一屁股跌进沙发。

"我不是在说话，而是在喵喵叫，只不过用你的语言喵喵叫罢了。我还会用好多种语言喵喵叫呢。"索尔巴斯说道。

那人把手举到脑袋上，然后捂住眼睛，不停地喃喃自语："我一定是累坏了，累坏了。"当他挪开双手，又大、又黑、又肥的猫依旧岿然不动地待在椅子上。

"这是幻觉。你其实只是个幻象而已，对不对？"那人问他。

"不，我是一只货真价实的猫，正在和你说话，"索尔巴斯一字一句地说，"在许许多多的人当中，港口的猫选中了你，想拜托你一件麻烦事，让你帮个忙。你并没有疯，我的的确确是只猫。"

"你说你会讲多国语言？"诗人将信将疑。

"我猜你准想验证一下。来吧。"索尔巴斯建议道。

"Buon giorno。①"那人试探他。

"现在是下午，最好说 buona sera。②"索尔巴斯给他更正。

"Kalimera。③"那人依旧不依不饶。

---

① 意大利语"早上好"。
② 意大利语"下午好"。
③ 希腊语"上午好"。

"Kalispera,^①我已经说了现在是下午。"索尔巴斯又给他纠正。

"Doberdan！^②"那人喊了起来。

"Dobreutra。^③你现在总该相信我了吧?"索尔巴斯问。

"是啊,就算发生的一切只是一场梦,那又有什么关系呢。我喜欢,并且乐意将这个梦继续做下去。"那人回答。

"那么我就开门见山好了。"索尔巴斯说。

诗人欣然应允,但他同时要求猫儿也得遵循人类聊天的惯例。他给索尔巴斯端来一碗牛奶,他本人则舒服地躺在沙发上,手中握了一杯白兰地。

"讲吧,小猫。"那人说。于是,索尔巴斯向他讲述了有关海鸥与海鸥蛋的来龙去脉,讲到了"幸运儿"和他们这些猫试图教她飞翔所作的种种徒劳的努力。

---

① 希腊语"下午好"。
② 克罗地亚语"早上好"。
③ 克罗地亚语"下午好"。

"你能帮帮我们吗?"索尔巴斯讲罢这样问对方。

"我想可以。就今天晚上吧。"那人回答。

"今晚?你有把握吗?"索尔巴斯问他。

"你看看窗外,小猫。看看天空。你看到了什么?"诗人问。

"云。乌云。暴风雨眼看就要来了,看样子说下就下。"索尔巴斯说。

"就是这个原因。"那人说。

"我不明白。对不起,可我真的不明白。"索尔巴斯说。

于是诗人走到写字台边,拿起一本书开始查阅起来。

"你听,小猫:我给你念一段诗人贝尔纳尔多·阿特克萨加写的诗,摘自他的诗作《海鸥》:

　　可是她那稚嫩的心灵,

　　——那颗属于表演平衡技巧者的心灵,

　　从来不曾如此渴望

这场倾盆而泻的大雨，

一场总是乘风而来，

却又留下万丈阳光的大雨。

"我懂了，我就知道你能帮助我们。"索尔巴斯说着跳下椅子。

他们商定午夜在杂货店门口碰头，又大、又黑、又肥的猫往回
奔去，赶着去通知伙伴们。

展翅翱翔

　　一场滂沱大雨降临汉堡，花园里弥漫着泥土湿润的芳香。街上的柏油马路被冲刷得光可鉴人，潮湿的路面上倒映着略显走形的霓虹灯广告。寂寥的港口街头出现了一位身穿大衣的行人，他正朝哈利杂货店的方向走去。

　　"怎么着也不行！"猩猩尖声大叫，"你就是把五十只爪子通通戳在我的屁股上，我也不会给你们开门！"

“可是没有人要伤害你。我们只是请你帮个忙，仅此而已。”索尔巴斯说。

“营业时间从早上九点到下午六点。这是店规，应当遵守。”马蒂阿斯说。

“看在海马髭的分上！你就不能平生客气这么一回吗，猴子？”“逆风而上”说。

“拜托了，猴先生。”“幸运儿”也苦苦哀求。

“不行！依照店规，我不能伸手去开锁，而你们这群跳蚤囊没有手指头，谁也别想开门。”马蒂阿斯揶揄地尖声嚷嚷。

“你这猴子实在太可怕了，太可怕了！”“万事通”说。

“外面有一个人，他在不停地看时间。”“秘书”说，目光打量着窗外。

“就是那个诗人！没时间了！”索尔巴斯说着，全速冲向玻璃窗。

圣米格尔教堂的钟声开始敲午夜十二响，忽然一阵玻璃的破裂声把那人吓了一跳。伴着纷纷四溅的玻璃碎片，又大、又黑、又肥的猫咪索尔巴斯落到了马路上，但他立刻直起身子，全然不顾头部受了伤，急急冲到他方才跳出的窗子下面。

诗人跟上前去，刚好看到几只猫将一只海鸥托上窗台。他们身后，一只猩猩挥动双手在脸上捂来捂去，拼命想蒙住眼睛、盖住耳朵、遮住嘴巴。

"接住她！别让她被玻璃划伤了。"索尔巴斯说道。

"到这边来，你们两个。"诗人说着，一边把小海鸥揽入怀中。

然后，他迅速离开了那扇杂货店的窗户，大衣底下藏着又大、又黑、又肥的猫和身披银羽的小海鸥。

"流氓！土匪！你们得赔！"猩猩气急败坏。

"都是你自找的！你知道明天哈利会怎么想吗？玻璃准是你打碎的。""秘书"说。

"真见鬼，这次又让您猜到我要说的话了。""上校"说道。

"看在海鳝牙的分上！到屋顶上去！我们要亲眼看着我们的

122

‘幸运儿’飞起来!""逆风而上"说。

又大、又黑、又肥的猫和小海鸥在大衣里面舒舒服服地待着,感受着诗人温热的体温。他步履匆匆又不失稳健。他们觉得三颗跳跃的心灵虽然各是各的节奏,却都同样紧张万分。

"小猫,你伤着没有?"那人看到大衣翻领上染了几滴血迹,关切地问索尔巴斯。

"不要紧。我们这是去哪儿?"索尔巴斯问。

"你能听懂人类的话?""幸运儿"说。

"是的。他是一个好人,他会帮你飞起来的。"索尔巴斯信心十足地说道。

"你也听得懂海鸥的话?"那人问他。

"告诉我,我们这是去哪儿?"索尔巴斯还是一个劲儿地刨根问底。

"我们不是去哪儿,我们已经到了。"诗人回答道。

索尔巴斯探了探脑袋,他们到了一座高楼跟前。他抬眼望去,认出了在探照灯照耀之下的圣米格尔教堂的塔楼。丝丝光线铺洒下来，勾勒出塔楼瘦削的身形，塔身镶嵌的铜板表面因为久经风霜已呈现绿锈。

"门都关上了。"索尔巴斯说。

"不是所有的门都关上了。"那人说，"每逢暴风雨之夜，我都会来这儿抽根烟，或者独自考虑点问题。我知道还有一个入口，我们可以从那儿进去。"

他们绕了个圈，找到一扇狭小的侧门，那人用刀打开了门，从口袋里掏出一只手电筒，借助它微弱的光线，他们登上了一个似乎永无止境的旋梯。

"我怕。""幸运儿"说道。

"可你想飞起来，是不是？"索尔巴斯说。

从圣米格尔的钟楼可以鸟瞰整座城市。雨雾笼罩了整座电视塔，港口的起重机就像是休憩中的庞然大物。

"看，那儿就是哈利杂货店，我们的朋友就在那儿。"索尔巴斯说。

"我怕！妈咪！""幸运儿"说。

索尔巴斯跳到钟楼的护栏旁边。塔下，往来不息的车流像是闪烁着眼睛的虫子。诗人用双手捧起了"幸运儿"。

"不！我怕！索尔巴斯！索尔巴斯！"她叫着，拼命用嘴巴啄诗人的手。

"等等！把她放在护栏上。"索尔巴斯说。

"我没打算把她扔下去。"那人说。

"你就要起飞了，'幸运儿'。做下深呼吸。感受一下雨水吧，那就是水。在你的生命中有许许多多能给你带来幸福的东西，其中之一就叫水，另一个叫风，还有一个叫太阳，它就像是搏击后的补偿，总在风雨过后悄然而至。感受一下雨水吧。展开你的翅膀。"索尔巴斯说。

小海鸥伸开双翅，沐浴在探照灯的光线之下，雨水在她的羽毛上洒下粒粒珍珠。诗人和猫凝视着她，看着她合上眼睛，昂起了脑袋。

"雨啊，水啊，我喜欢你们！"她说。

“你就要飞起来了。”索尔巴斯说。

“我爱你。你是一只非常好的猫。”她站立在护栏上，向边缘走去。

“你就要飞起来了。整片天空都将是你的。”索尔巴斯说。

“我不会忘记你的，也不会忘记其他的猫。”小海鸥说着，一半爪子已经跨出护栏，因为，正如阿特克萨加的诗中所说，她稚嫩的心灵是表演平衡技巧者的心灵。

“飞啊！”索尔巴斯说着，伸出一只爪子，几乎碰到了她。

“幸运儿”从他们的视野中消失了，诗人和索尔巴斯担心到了极点。她刚才像块石头一样坠了下去。他们俩屏住呼吸，从护栏上探出头来，他们看见了小海鸥，看见她正扑扇着翅膀，翱翔在停车场的上空，然后，他们随着她的身影向高处望去，看着她一直越过那只装点出圣米格尔教堂独特魅力的金制风向标。

"幸运儿"在汉堡的夜空中独自翱翔。她奋力扇动双翅，越飞越远，一直飞到港口起重机的上空，飞到航船桅杆的上空，之后又滑翔着折了回来，环绕教堂的钟楼飞了一圈又一圈。

"我飞起来了！索尔巴斯！我可以飞了！"她欣喜若狂，从灰蒙蒙的高旷夜空向下兴奋地叫喊。

诗人轻轻摩挲着索尔巴斯的后背。

"好了，小猫，我们成功了。"说着，他嘘了一口气。

"是的，在无路可退的边缘，她终于明白了什么才是最重要的。"索尔巴斯说。

"啊，是吗？她明白了些什么？"诗人问道。

"只有敢于去飞，才能飞起来。"索尔巴斯说。

"我看现在我不便在这儿打扰你了，我在下面等你。"诗人向他道别。

索尔巴斯继续待在那儿，久久凝望着"幸运儿"，直到晕黄的眼眶里盈满了液体。这只又大、又黑、又肥的猫，这只善良宽厚的港口之猫，甚至连自己也不知道，那漫溢出来的究竟是雨，还是泪。